Disney

LA REINE DES NEIGES

hachette
JEUNESSE

Dans les immenses contrées du Grand Nord, niché au creux des montagnes et des fjords, existait un royaume nommé Arendelle. C'était un endroit merveilleux, où les habitants vivaient heureux. Seuls le roi et la reine semblaient inquiets…

La plus âgée de leurs filles, Elsa, possédait un pouvoir magique. Elle pouvait fabriquer de la neige et geler les choses qu'elle touchait. La plus jeune, Anna, l'adorait. À ses yeux, sa sœur était une fée !

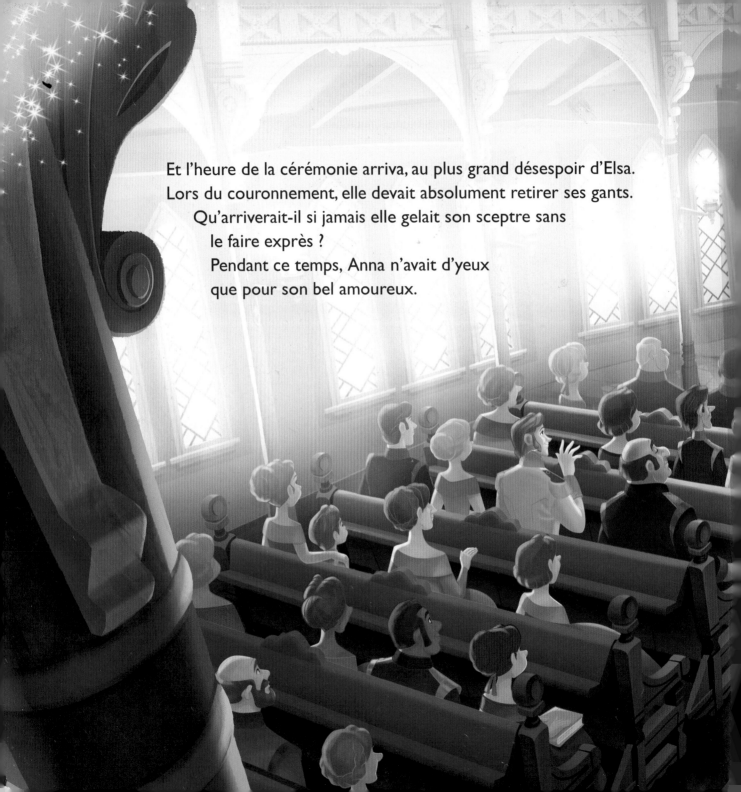

Et l'heure de la cérémonie arriva, au plus grand désespoir d'Elsa.
Lors du couronnement, elle devait absolument retirer ses gants.
Qu'arriverait-il si jamais elle gelait son sceptre sans
le faire exprès ?
Pendant ce temps, Anna n'avait d'yeux
que pour son bel amoureux.

La cérémonie s'acheva sans incident et on donna un grand bal. Hans et Anna passèrent une merveilleuse soirée à discuter, à rire et à danser. Le bal terminé, les deux amoureux décidèrent de se fiancer.

Mais la nouvelle reine s'y opposa.

— Tu ne peux pas épouser un homme que tu viens à peine de rencontrer, dit-elle fermement.

Et alors qu'Elsa quittait la pièce, Anna l'agrippa et fit accidentellement glisser l'un de ses gants.

Sans comprendre le danger, Anna continua de se rebeller.

– L'amour de Hans est sincère ! Alors que toi, tu m'évites tout le temps !
Je ne peux plus vivre comme ça !

– Assez ! cria Elsa.

C'est alors qu'un rayon givré surgit de sa main sans gant.
En un éclair, la salle du bal se recouvrit d'une épaisse
couche de glace. Les invités étaient épouvantés.

Bouleversée, Elsa s'empressa de fuir le château.
Dans sa course effrénée, le sol et les lacs gelèrent
sous ses pieds.

Anna comprit enfin pourquoi sa sœur la rejetait depuis tant d'années.

Courant à perdre haleine, Elsa escalada une montagne. Là-haut,
il n'y avait pas âme qui vive. Elle brandit ses mains magiques, et, au milieu
d'un blizzard, elle libéra ses pouvoirs. En atteignant le sommet, elle se
construisit un splendide palais de glace.
Pour la première fois de sa vie, Elsa n'avait pas l'impression d'être
un danger pour autrui.

Anna, elle, n'avait qu'une hâte : retrouver sa sœur ! Maintenant qu'elle
connaissait son secret, rien ne pouvait plus les séparer.
La jeune princesse partit donc à la recherche d'Elsa. Soudain,
son cheval se cabra et s'enfuit en la laissant seule face à une terrible
tempête de neige ! Glacée jusqu'aux os, elle aperçut au loin
une petite habitation…

C'était une boutique tenue par un certain Oaken. Anna put s'acheter
des bottes et des vêtements chauds.
Soudain, un jeune montagnard nommé Kristoff fit irruption.
Quand il mentionna d'où le blizzard soufflait, Anna le
bombarda de questions. Mais Kristoff en eut vite assez.
– Maintenant, du balai, jeune fille. Je dois
marchander avec cet escroc !
Se sentant insulté, Oaken le jeta
dehors sans tarder !

Anna eut alors une idée.
Elle retrouva Kristoff dans
une étable, en compagnie de Sven, son renne,
et lui offrit de lui acheter tout ce dont il avait besoin. En échange,
il devait simplement la conduire jusqu'à la Montagne du Nord,
d'où provenait le blizzard.
Après réflexion, Kristoff accepta sa proposition.
Ils attelèrent Sven à un traîneau et prirent la route.

Sur le chemin, Anna lui raconta ce qui s'était passé, sans oublier ses fiançailles avec Hans. Kristoff n'en croyait pas ses oreilles ! Soudain, en avançant, ils entendirent des hurlements…
Des loups !

La courageuse Anna aida Kristoff à repousser la meute,
mais les loups étaient si nombreux que Sven
dut sauter par-dessus une crevasse
pour leur échapper.

Leur traîneau alla s'écraser en contrebas sur les rochers…
heureusement sans ses passagers !
Grâce à l'exploit du renne, les trois amis étaient sains et saufs.
Sven, Anna et Kristoff continuèrent leur voyage à pied.

Tandis que l'aube se levait, le trio atteignit une forêt. La neige scintillait dans la lumière hivernale. Ce paysage grandiose émerveilla Anna et renforça son désir de retrouver sa sœur. Elle admirait sa magie et voulait tout savoir de son extraordinaire pouvoir.

– J'ignorais que l'hiver pouvait être si… magnifique, dit-elle, fascinée.
– Mais c'est tellement blanc ! se plaignit une voix, tout près.
Celui qui venait de parler n'était autre qu'un… bonhomme de neige !

– Je suis Olaf, l'une des fantastiques créations d'Elsa, la reine des neiges, déclara la petite créature.

Anna, amusée, lui offrit une carotte en guise de nez puis le pria de les conduire jusqu'à sa sœur.

À Arendelle, pendant l'absence de la reine, le prince Hans essayait désespérément de calmer les habitants. Le froid avait gelé les récoltes.

Lorsque le cheval d'Anna revint sans sa cavalière, Hans, inquiet, décida de partir à la recherche de sa bien-aimée. Les gardes l'accompagnèrent, résolus à arrêter la dangereuse coupable… Elsa !

De leur côté, Anna, Kristoff, Sven et Olaf escaladaient péniblement
la montagne gelée. L'ascension devenait de plus en plus difficile.
Par chance, Olaf repéra un escalier en glace menant tout droit au palais
d'Elsa. Quand Anna arriva au sommet, elle en resta bouche bée. Le palais
de glace était tout simplement époustouflant !

Les deux sœurs étaient si heureuses de se retrouver !
Mais en apercevant la mèche blanche d'Anna, Elsa
se rappela à quel point elle pouvait être dangereuse
pour ceux qu'elle aimait.
– Je crois que tu devrais t'en aller.
Mais Anna ne voulait pas l'écouter : elle avait besoin
d'Elsa pour sauver Arendelle !

Anna ne craignait pas les pouvoirs de sa sœur et était certaine qu'ensemble, elles réussiraient sûrement à arranger les choses !

Elsa, au contraire, sentait un poids immense l'accabler. La peur qu'elle avait ressentie en blessant sa sœur l'avait marquée à jamais. Vivre loin d'elle lui semblait être la seule solution pour la protéger.

Ses douloureux souvenirs la submergèrent à cet instant, et elle ne put contrôler son pouvoir ! Une bourrasque glacée s'échappa de ses mains et atteignit sa sœur en plein cœur.

Kristoff se précipita pour aider Anna.

– Nous devrions partir.

– Non, je ne pars pas sans ma sœur, insista Anna, en serrant sa poitrine.

– Oh si ! Va-t'en ! rétorqua Elsa.

Sur ces mots, elle créa un énorme bonhomme de neige et lui ordonna de les chasser du palais de glace. Olaf, lui, était content d'avoir un nouveau compagnon.

– Oh, mon petit frère ! plaisanta-t-il. Je vais t'appeler Guimauve !

Pourtant, le géant n'avait rien d'un tendre bonbon ! Il entra dans une terrible fureur et se lança à la poursuite des visiteurs.

Pourchassés, les amis coururent
aussi vite qu'ils le pouvaient jusqu'à une falaise.
Accrochés à une corde, ils commencèrent à descendre
la paroi, mais Guimauve les talonnait ! Le monstre
de glace se mit à tirer de toutes ses forces sur la corde
pour les faire remonter.
Terrifiée, Anna décida de la couper…

Par chance, tout en bas, une épaisse couche de neige fit office de matelas et amortit leur chute ! Mais quelque chose n'allait pas chez Anna. Ses cheveux blanchissaient à vue d'œil !

– Qu'est-ce qu'elle t'a fait ? demanda Kristoff, étonné.

Anna lui raconta ce qu'elle savait des pouvoirs d'Elsa. Le jeune homme l'écouta avec intérêt et décida de l'aider. Il avait de précieux amis sur qui il pouvait compter, non loin de là…

Pendant ce temps, Elsa faisait les cent pas dans son palais. Elle cherchait désespérément un moyen de ramener l'été à Arendelle. Si seulement elle pouvait maîtriser sa magie ! Mais c'était tout le contraire qui se passait, car plus elle essayait, plus la tempête s'intensifiait !

Kristoff conduisit ses amis jusqu'à une lointaine vallée.
La nuit était tombée, quand Anna aperçut
quelque chose bouger.

Ça ressemblait à de drôles de rochers...
avec des yeux et des jambes...
– Des trolls ! s'exclama-t-elle.

Quand le vieux troll toucha les cheveux d'Anna, il comprit immédiatement de quoi elle souffrait. Il lui expliqua que dans moins d'une journée, son corps serait entièrement gelé.

– Seul un acte d'amour véritable pourra inverser la magie, dit-il.

Olaf et Kristoff décidèrent donc de la conduire auprès du prince Hans.

Au même instant, Hans et ses compagnons arrivèrent dans
le palais de glace. Guimauve essaya de protéger sa reine,
mais la troupe d'assaillants attaqua le géant.
En voyant deux hommes s'approcher, Elsa sentit la peur
l'envahir. Or, ce sentiment ne faisait qu'accroître
son pouvoir ! Pour se défendre, la reine créa des pics
de glace acérés !

Hans, qui ne pouvait empêcher la colère de ses hommes, s'écria :
– Tout le monde pense que tu es un monstre, ne leur donne pas raison !
La reine des neiges comprit qu'elle s'était laissée emporter par la magie
et baissa les mains. Hans et ses hommes en profitèrent
pour la capturer.

Elsa fut amenée à Arendelle et enchaînée au fond d'une cellule. Le cœur serré, la prisonnière découvrit son royaume dévasté par la tempête. Elle demanda à voir Anna, mais Hans lui répondit qu'elle n'était pas là.

– Fais revenir l'été, lui ordonna-t-il.

Seulement, Elsa ne savait toujours pas comment faire.

Anna, Kristoff et Olaf atteignirent bientôt
le château d'Arendelle. La princesse
s'affaiblissait et le jeune homme était
terriblement inquiet.
Laissant Anna aux mains des domestiques, Kristoff
se rendit compte à quel point il tenait à elle. Mais il
savait aussi que seul Hans pouvait lui sauver la vie…

Les domestiques se dépêchèrent d'emmener Anna près de la cheminée, où se trouvait le prince en pleine réunion. La jeune fille lui expliqua ce qui était arrivé et l'informa que l'unique remède pour la guérir était un baiser d'amour véritable. Mais Hans refusa de l'embrasser.

En réalité, le prince avait un sinistre projet : voler le trône d'Arendelle ! Anna comprit à cet instant qu'elle s'était trompée sur lui.

Il éteignit le feu de la cheminée, laissant la pauvre princesse grelotter.

Une fois sa fiancée transformée en statue de glace, le rêve de Hans pourrait se réaliser.

Il ne restait plus qu'un obstacle à éliminer pour accéder au trône : Elsa…

Après avoir enfermé Anna, le prince informa les
habitants d'Arendelle qu'Elsa avait tué sa sœur.
Il prit un air si désemparé que tous le crurent.
Il raconta aussi qu'avant son dernier soupir,
Anna l'avait épousé.
Son plan avait marché : il était devenu
l'unique héritier. Et en tant que nouveau
roi, il condamna Elsa à la peine de mort…

Ignorant ce que Hans manigançait, Elsa ne pensait qu'à s'enfuir.

Elle restait convaincue que c'était la seule manière de sauver son royaume
et de protéger sa sœur.

À force d'y penser, elle ressentit une telle colère que le donjon où elle
se trouvait prisonnière gela ! Ainsi, la reine d'Arendelle put s'échapper.

Tandis que Kristoff repartait chez lui, Sven
l'obligea à s'arrêter. Nul besoin d'être un troll
pour comprendre que son ami était amoureux
d'Anna ! C'était lui le grand amour de sa vie.
En regardant par-dessus son épaule,
Kristoff vit une grosse tempête s'élever
au-dessus d'Arendelle.
Il devait à tout prix y retourner
pour sauver Anna !

De son côté, Anna avait abandonné tout espoir. Heureusement,
Olaf vint à son secours et l'aida à sortir du château. Si elle pouvait
rejoindre Kristoff à temps, elle serait sauvée !
Mais alors que la princesse s'enfuyait, elle aperçut Hans,
qui était sur le point de tuer Elsa avec son épée !

Alors, n'écoutant que son cœur, la princesse rassembla le peu de force qui lui restait. Elle s'interposa entre sa sœur et Hans et, à cet instant, elle se transforma en statue de glace. La lame du prince frappa son corps gelé et se cassa en mille morceaux.

En pleurs, Elsa étreignit le corps figé de sa sœur. Elle l'aimait tant !
Soudain, la glace se mit à fondre et Anna retrouva son apparence !
— Tu t'es sacrifiée pour moi ? s'étonna Elsa.
— Je t'aime, murmura faiblement sa sœur.
Elsa leva les mains, apaisée. Elle avait enfin trouvé
comment ramener l'été. Elle réalisa que
pour maîtriser son pouvoir, il lui suffisait
de se sentir aimée pour
ce qu'elle était.

Avec le retour de la chaleur, Olaf commençait à fondre. Heureusement, Elsa lui fabriqua un petit nuage de neige, rien que pour lui.

De son côté, Hans retrouva Anna saine et sauve.

— Mais Elsa avait gelé ton cœur !

— Le seul cœur gelé ici, c'est le tien ! rétorqua Anna en lui envoyant un coup de poing bien mérité.

Après cet incroyable hiver, la vie reprit son cours à Arendelle
et l'on rouvrit les grilles du château pour de bon !
Anna offrit à Kristoff un nouveau traîneau pour
remplacer celui qui avait plongé dans un ravin.
Mais elle avait une autre surprise en réserve…
Un doux baiser d'amour !

Anna rejoignit ensuite sa sœur dans la grande salle du château.
Telle une fée, Elsa créa un monde féerique et glacé, sous les yeux ébahis
de sa sœur. Ensemble, elles s'amusèrent comme lorsqu'elles étaient enfants.
Plus de chagrin, ni de peur, c'était désormais le bonheur
qui emplissait leur cœur…

Édité par Hachette Livre – 43 quai de Grenelle, 75905 Paris Cedex 15
Imprimé par Europrinting en Italie – Achevé d'imprimer : février 2014
ISBN : 978-2-01-464536-1 – Édition : 03 – Dépôt légal : novembre 2013
Loi n°49-956 du 16 juillet 1949 sur les publications destinées à la jeunesse.
Pour tout renseignement concernant nos parutions, nous contacter
par téléphone au 01 43 92 38 88 ou par e-mail : disney@hachette-livre.fr

*Pour l'éditeur, le principe est d'utiliser des papiers composés de fibres naturelles,
renouvelables, recyclables et fabriquées à partir de bois issus de forêts qui adoptent un
système d'aménagement durable. En outre, l'éditeur attend de ses fournisseurs de papier
qu'ils s'inscrivent dans une démarche de certification environnementale reconnue.*